김부조 시선집

우리 모두는 길치였다

동서문화사

김부조 시선집
우리 모두는 길치였다

지은이　김부조
발행인　고윤주
발행처　동서문화사
발행일　2023년 6월 20일
주　소　서울 중구 마른내로 144(쌍림동)
전　화　546-0331~2 Fax. 545-0331
홈페이지　www.dongsuhbook.com
등록번호　211-87-75330
ISBN 978-89-497-1840-8　03810

우리 모두는 길치였다

한 줄도 너무
길다

점 하나
찍는다

차례

2부

3부

4부

[해설]

1부

가면무도회

도봉산 입구
안내센터 앞,
마음을 비운 듯한 사람들과
마음을 비워 내려는 사람들이
서로 엇갈리며 가볍게
옷깃을 스치고 있다

비우면 이내 차오를
욕망의 공간,
그럼에도
득도에 목마른 구도자들이
백팔번뇌를 뱉어 내며,
위장된 일일 해탈의
가면무도회를 즐기고 있다

그래,
다행이다

내가,
그곳에 있었으니

하부

두 돌 갓 지난
손녀딸은 나를
하부라 부른다

아이의 표준말은
하부

너와 나의 언어가
다른들 어떠랴

너의 눈 속에 내가
부끄럽지 않은 표준말로
조용히,
자리매김할 수 있다면

참회

가을 끝 무렵,
어머니의
사십구재를 지냈다

시간은 다시
고요히 흐르고
어머니의 음성만
귓가에 남았는데

눈에 넣어도
아프지 않을 자식은,
어머니의 눈 밖에서
잠시도 하늘을
우러르지 못하고 있다

새들이 날아간 하늘은 깨끗하다

깃털 하나
남기지 않는다

빛바랜 얼룩 한 점
남기지 않는다

가야 할 때에 맞추어
뒤돌아보지 않으며,

새들이 날아간 하늘은
깨끗하다

우리 모두는 길치였다

엇갈린 길을 기웃거리다 길치는
새로운 길에 눈을 뜬다
어둠을 몰래 앓고 난 새벽처럼
막다른 골목에서도
어두운 벽 너머로 이어지는
밝은 지름길을 기웃거리다
새로운 길에 눈을 뜬다

애초에 길은 없었다
누군가가 첫 발자국을 남기면
그 뒤를 누군가가 더듬거리며
운명처럼 답습했을 때
그것이 바로 길이 되었듯이
엇길에서도 서로 즐겁기만 했던
이제 막 새로운 길에 눈을 뜬,
미안하지만 낯 뜨거운
우리 모두는 길치였다

신문지 이불

어스름 저녁,
아내가 베란다 식물에게
신문지 이불을
덮어주고 있다

외롭고 긴
겨울밤,

그래,
너희들도
따뜻해야지

부질없는 일

떠나간 사람의 뒷모습을
너무 오래
간직하는 일

침묵하는 사람의 곁을
너무 오래
서성이는 일

그리고,
돌아오지 않는 사람을
너무 오래
헤아리는 일

간격

서로를 읽었으나
침묵의 그것으로 화답하는
숲속 나무들의 오랜 질서

까닭 없이 서먹하여도
좁히지 않아야 할
너와 나 사이의,
그것

한 사람이 떠나간 뒤
또 다른 인기척까지의,
뜨거운 그것

간격,
더불어 살아야 할
그것

조용한 염원

이 비 그치면,
너의 눈물
마르기를

이 눈 녹으면,
너의 마음
열리기를

부재

창동역 1번 출구,
과일 노점이 심상치 않습니다
성주 꿀참외를,
주인아주머니가 만 원에 열 개라 하니까
참외를 만지작거리던 할아버지가
마치 나무라기라도 하듯
전에는 열두 개였다고 우겨 댑니다
주인아주머니가 금세 낯빛이 하얘지며
그런 적 없다고 손사래 치자 두어 번
마른 헛기침 끝에 할아버지,
아저씨는 그렇게 팔았다며
제대로 나무랍니다

아저씨는 그렇게 팔았다니

아저씨의 막막한 부재 속에
황당한 시간은 뜨겁게 흐르고

성주 꿀참외,
달콤한 향기 속으로

숫자의 진실은 눈 녹듯 사라지고

할아버지는 연신
향기 없는 아저씨를 팔아 대고

보호자

때아닌 여름감기로
너무 여러 날 힘들었다 싶어
핑계 삼아 큰 병원으로 가려는데
기다렸다는 듯 아내가 따라나선다

보호자,

운명처럼 내가
기꺼이 누려 왔던 그 자리를
가차 없이 밀어내기라도 하듯
오늘은 아내가
불쑥 따라나선다

카멜레온처럼
때로는 사랑잎나비처럼
나는 너무 오래
변색의 달인,
그 자부심 하나로 살아왔는데

이제는 너무
빛바랜 기교 때문에
아무에게나 들켜버리곤 하는 내가
스스로를 지켜 낼 수도 없어

큰 병원,
가정의학과로 가는 그 낯선 길에서

나의 어깨가 자꾸만 아내 쪽으로
기울어 가는 것은

나의 몸이 자꾸만 아내의 등 뒤로
숨으려 하는 것은

채찍

잘 달리는 말들에게
더 힘껏 달리라고
피멍 들도록
휘둘러 온 채찍

이제는
부끄러운 우리가
그 채찍을 들어,
휘둘러 온 만큼
맞아야 할,
그러한 날들이다

선택

살아가는 것과
살아 내는 것

참는 것과
참아 내는 것

그리고, 내가 나를
이기는 것과
이겨 내는 것

어떤 안부

세상과 삐걱이다
끝내 낙향한 친구가
감자 한 자루를 보내왔다

꼭꼭 동여맨 매듭을
화해하듯 풀어내자
크고 작은 감자들이
다투듯 쏟아져 나왔다

저마다의 굵기처럼
고르지 못했을 귀농의 나날,
자잘한 멍 자국이 선명하다

친구가 보내 온
감자 한 자루를 풀어내며
불화에 대해 생각했다

내가 이 세상과 누려 온,
낯 뜨거운 타협도 생각했다

아름다운 공식

숨길 수 없는
너의 사랑이
곧,
나의
사랑이었음을

가눌 수 없는
너의 행복이
곧,
나의
행복이었음을

달관에 관하여

기쁨을 쉽사리
기쁨이라 하지 않는 것

슬픔을 쉽사리
슬픔이라 하지 않는 것

마음으로만 두 눈을 부릅뜬 채
때로는 세상을,
가장 낮은 곳에서부터
짙게 헤아리며
무거운 침묵의 숲을 찾아
기꺼이 길 떠나는 것

직선만이 선이라는,
올곧은 나무의 곁을
귀먹은 척 서둘러 스치며

곡선도 선이라는,
굽은 나무의 속울음에
잠시라도 귀를 빌려주는 것

그것,
소리 없이 다가와
보이지 않게 머무는
그것

파문波紋

고요한 호수 위로
작은 돌멩이 하나 던져 본다

알았다는 듯,
화답으로 번지는 파문

그러나 나는
너무 오래,
작은 두드림에도
답하지 않으며 살아왔다

관조觀照

산란散亂에 물든 세상이
숨겨진 질서였음을

뜨거웠던 너와의 불화가
넘치는 사랑이었음을

아물지 않는 나의 상처가
삶의 선물이었음을

꿀벌의 습성

꽃들의 안부를
향기로 읽는다

개화의 아픔을
침묵으로 헤아린다

조용한 질서

신선한 아침 우유가
조간신문을 앞지르지 않는 일

길 떠난 철새들이 서둘러
환절기와 멀어져 가는 일

줄어든 정오의 그림자가
구겨진 곳에서부터 다시
부풀어 오르는 일

그리고, 이별의 상처가
또 다른 만남으로 한 뼘씩
아물어 가는 일

곡선에 물들다

강물이 때때로
마을을 휘돌아 흐르는 것은
결코 휘어짐이 아니다

강물은 풍문으로 떠도는
그 강 끝의 비밀을 가리기 위해
곡선의 묘미를 넌지시
곁눈질할 따름이다

강물이 때때로
굽이진 노래를 부르는 것은
결코 무너짐이 아니다

강물은 비켜설 수 없는
올곧음과의 상생을 위해
곡선의 멋을 슬며시
흉내 낼 따름이다

인생의 길은
그 끝이 가려진 곡선

내가 기꺼이
둘러서 가는 것은
그 곡선에 물들기 위함이다

이별의 말

가슴으로
듣는다

바람으로
지운다

실종

소중한 한 끼를 걸러도
정직한 두 끼의 배부름으로
침묵하던 사람

빗장을 풀지 않는 세상 앞에서
환대에 지친 척
화답하던 사람

쉽게 깨닫던 나날보다
끝내 깨닫지 못한 하루에
스스로 갇히던 그 사람

소리 없이 머물다
까닭 없이 사라진

고립

때아닌 폭설로
마을 주민들의 발길이
꽁꽁 묶였다

고립,

벗어나고 싶지만,
앓아 본 사람에게만
맺힌다는
그 침묵의 아픔

2부

인연

불가에서는 겁劫을,

백 년에 한 번씩 내려오는 선녀의 옷자락이
사방 사십 리의 바위를 닳아 없애거나,
천 년에 한 방울씩 떨어지는 낙숫물이
집채만 한 바위를 뚫거나,
사방 사십 리의 철성鐵城에
겨자씨를 가득 채우고
백 년에 한 알씩 꺼내
다 비워 질 때까지의 시간으로 본다는데,

오후 내내
연못을 어지럽히던 고추잠자리
겁을 다 헤아렸다는 듯,
팔을 베개 삼은 나의 머리 위로
지친 척 내려앉는다

아, 이것은 또
몇 겁의
거부할 수 없는 인연인가

경배敬拜

개화의 비밀을 깨뜨리지 않는
꽃들에게

서로의 그늘을 탐하지 않는
나무들에게

여린 가지를 비켜 앉는
새들에게

그리고,
곡선의 흐름에 물들지 않으려는
강물에게

길상사에서

백석이
자야에게 물었다

어디쯤
있느냐고

자야가
백석에게 물었다

어디쯤
오고 있느냐고

움켜쥔다는 것

밀림 원숭이들은
입이 좁고 묵직한 항아리 속의,
원주민이 넣어 둔 바나나를
덥석 움켜쥔 다음
도무지 빠지지 않는 그 팔에
버거운 항아리를 매단 채 발버둥 치다
그만 산 채로 잡히고 만다는데

움켜쥔다는 것

맑은 빈손 앞에
한없이 부끄러운

맑은 가난 앞에
한없이 부끄러운

눈물

고비사막 쌍봉낙타,
난산의 고통을 잊지 못해
새끼에게 곁을 주지 않는 어미에게
유목민들,
마두금馬頭琴 애절한 선율로
어미에게 심금을 울려주면
비로소 새끼에게 젖을 물리며
눈물을 뚝뚝 흘린다는데

어머니, 그 시절
마두금의 애절한 선율도 없이
온몸으로 흘렸던
그 가려진 눈물

눈물은, 뜨거운 사랑의
다른 말이었음을

어느 봄날에 대한 정의

만남은
봄비처럼

화해는
봄눈처럼

염원

해빙기의 강물이
침잠하는 너를 위해
낮게 흐를 수 있기를

희망의 나무들이
줄어드는 너를 위해
이웃할 수 있기를

평화의 마을이
길 잃은 너를 위해
불 밝힐 수 있기를

그리고,
세상과 화해한 내가
돌아선 너를 위해
기도할 수 있기를

조용한 배려

돌아서려는 자의 곁에
오래 머물지 않는 일

그리고, 그 까닭을
묻지 않는 일

그 강가에서

그 강가에 앉아 물끄러미
강물을 바라보고 있으면
내가 오래 전
그 강물에게 던졌던
어리석은 물음의
답들이 하나씩
물 위로 떠오른다
서둘러 살아 내려 했던 그때의 삶과
함부로 가늠하려 했던
나의 운명까지 버무린 채
많은 물음들은 거침없이 강물로
녹아들고만 있었을 뿐,
오늘처럼 그 강물이 나에게
말문을 터주고 기꺼이
물음표를 되돌려 주기까지에는
몇 개의 산들이 천천히
자리바꿈을 하고
많은 나무들이 고요의 숲을
조용히 떠나간
아주 오랜 시간이 흐른 뒤였다

어떤 해빙

세상과의 불화로 서둘러
길 떠났던 자들이
마음의 빗장을 하나씩 풀고
화해의 마을을 수소문하는 일

나목의 서러움을
홀로서기로 삼키던 나무들이
봄눈을 벗 삼아 한 뼘씩
양지쪽으로 다가서는 일

막연한 부재不在를 견디지 못해
환절換節을 거부하던 내가
철새들의 인사에 화답하며
봄날을 조금씩 헤아려 보는 일

새벽의 진실

먼동이
터 오고 있었다

아니,
어둠이
물러나고 있었다

왼손에 관하여

오른손의 움직임을
왼손은 모른 척한다

올바름은 부러워
모른 척하고
바르지 못함은 배울까
모른 척한다

왼손은 자주
심심해 보인다
그러나 왼손은 게으르지 않다

때로는 멍들 만큼
오른손 바닥에 부딪혀
삶의 기쁨을 읽어 나간다

어느 날은 오른손을 기꺼이 불러
기도祈禱를 이루는 왼손,
가끔은 왼손도 내밀어
뜨거운 악수를 나누자

위로의 방식

따뜻한,
손으로 말 한다

조용히, 그리고
잠시 머문다

어느 봄날의 평화

볕이 좋은 날
중랑천변 산책길,

우측 보행을 무기 삼은
나의 앞으로
좌측 보행의 한 중년 여성,
달려들 듯
다가오고 있다

순간
번득이는,
직선과의 타협

그래,
봄날의 평화란
바로
이런 것이다

환승역에서

떠나온 곳은 서로
묻지 않는다

버리고 온 계단은
헤아리지 않는다

그리고
몇 개의 계단을
더 버린다

환승의 답을
버림이라 쓴다

어느 버팀목의 하루

너무,
외로웠다

너무,
힘겨웠다

뒷모습을 엿보다

너는 너무 오래 나의
외로운 이웃으로 살고 있다
지척에 있으면서도
서로 만날 수 없는
그리운 이웃으로 살고 있다

누구도 너의 이름 석 자
오래 기억하지 않아도
너는 언제나 한 줄의 말없음표로
너와 나를 대신하고

가끔은 네가 그리워 뒤돌아보면
너는 나에게,
살아온 날들을 헤아려보라고
지나온 길들을 되돌아보라고

너는 너무 오래 나의
지울 수 없는 이웃으로 살아가고 있다

가슴으로 듣다

꽃망울 터지는 소리를
가슴으로 듣던 날 그것이
개화의 아픔임을 알았다

봄눈 날리는 소리를
가슴으로 듣던 날 그것이
산란散亂에 물든 탄식임을 알았다

꽃잎 떨어지는 소리를
가슴으로 듣던 날 그것이
서러운 낙화의 속울음임을 알았다

봄눈 사라지는 소리를
가슴으로 듣던 날 그것이
부재不在를 막지 못한 한탄임을 알았다

소리 없는 소리를
가슴으로 듣던 날 그것이
나를 일깨우는 일침一鍼임을 알았다

가혹한 질서

하나의 먹이를 두고
두 마리의 개미가 서로
다투고 있다

그때, 휙
흙바람과 함께
사라지는 그들과
먹이

길

나아가려 하나
나아갈 수 없는,
그러한 길이 있다

멈추려 하나
멈출 수 없는,
그러한 길이 있다

단념

인연이 필연을 앞서지 못할 때
우연도 인연을 앞설 수 없음을
서둘러 인정해 주어야 한다

이별이
만남의 그림자를 비켜가려 할 때
아파도 눈감아 주어야 한다

서글퍼 고인 석별의 눈물은
마를 수 없어
깊고 짧게 울어 주어야 한다

초록을 단념한 숲이
아름다운 단풍을 이룬다

여백

가장
아름다운 자리

가장
깊은 침묵

아름다운 관계

서로,
아득한 곳에 머물며
그리움이 넘쳐날 때
가끔, 맑은 바람 편으로
안부를 전하는,
그러한 사이

예외에 관하여

화해 쪽으로 나 있는
세상의 모든 창들이
들뜬 목소리로만
열리는 것은 아니다

염치에 어긋난 직선이 연신
곡선을 탐한다 하여도
모든 강물이
휘도는 것은 아니다

오른손잡이의 변방이
왼손이라 하여도
왼손잡이의 오른손이 반드시
비주류로 살아가는 것은 아니다

예외도
삶이다

3부

그 숲속에서

굽은 나무는 곧게 뻗은 나무의
올곧음을 닮으려 하고
곧게 뻗은 나무는 굽은 나무의
모나지 않음을 닮으려 한다
그러나 그 두 가지를 모두
갖지 못한 나는 그 숲속에서
허리를 슬며시 굽혀
굽은 나무가 되어 보기도 하고
두 팔을 위로 힘껏 뻗어
곧게 뻗은 나무가 되어 보기도 하지만
그들이 가진 올곧음과
모나지 않음은 담을 수 없어
어스름 저녁,
나는 그 숲속을 돌아 나오며
깨닫지 못한 나무는 이미
숲을 떠나갔음을
홀로 서지 못하는 나무는
숲에서 자랄 수 없음을
그날,
그 숲속에서

위기

내가
나의 중심에서
멀어질 때

나의 물음에
내가
답하지 못할 때

관계

자전거의
내려간 오른쪽 페달은
왼쪽 페달로
올려주어야 한다

아득한 왼쪽으로부터
나타나지 않는 마을버스,
그 정류장의 따분함은
시선의 오른쪽으로 달래야 한다

오른쪽 무릎을 앓아 온 어머니,
줄어든 어깨가 차츰
왼쪽으로 기울고 있다

오른쪽과 왼쪽,
타협으로 물들고 있다

그날을 위해서라고

길을 걸어 갈 때면 언제나
바람이 나에게 물었다
너는 어떤 날을 위해 그렇게
시린 발로 걷고 있느냐고

강가에 홀로 앉아
강물을 바라보고 있으면 언제나
강물이 나에게 물었다
너는 어떤 날을 위해 그렇게
역류를 꿈꾸고 있느냐고

어둠이 스며드는 숲 속을
무겁게 돌아나올 때면 언제나
새들이 나에게 물었다
너는 어떤 날을 위해 그렇게
침묵의 기도로만 살고 있느냐고

참아 낸 내가
바람과 강물에게 말했다
그날을 위해서라고

기도에 지친 내가
새들에게 말했다
그날을 위해서라고

어머니의 가방

그날,
낡은 무릎을 달래 가며 어머니가
노인정을 다녀오셨다
연한 갈색 지팡이와 이웃한
작은 꽃무늬 가방 속에
고단한 생각들을 잘게 접어 넣은 채
가벼운 얼굴로 다녀오셨다

자잘한 삶의 숙제를 꼼꼼히 풀어 가듯
읽고 또 읽어
마침내 신문지가 된 신문과
날마다 어머니가 편들어 우쭐해진
아들의 시집 몇 권,
그리고 이제는
날짜마저 희미해진 일기장,
그 인연들과의
버릴 수 없는 무게가
그날도 가방 속에서 연신
어머니를 담금질하고 있었다

그러나 무거운 얼굴의 나는
어머니의 그 가방에 낯뜨거울 만큼
너무 오래
텅 빈 가방으로만 떠돌고 있어

그날,
어머니가
가벼운 얼굴로 다녀오시던 그날,
무거운 얼굴을 버리지 못한 나는
그 가방 앞에서 서둘러
종아리를 걷어야만 했다

어느 날 나는

어느 날 나는
보이지 않는 바람이고 싶다
뜨거운 투명을 앓고 난 뒤
보이지 않는 소리마저 닳아버린,
그러한 바람이고 싶다

어느 날 나는
심각한 부재不在이고 싶다
녹슨 시곗바늘과의 타협에 물들어
시간이 멈춘 고요의 숲으로 사라진,
그러한 부재이고 싶다

어느 날 나는
무거운 행방불명이고 싶다
소리 없는 삶을
하루도 살아 내지 못한 채 울먹이며
침묵을 사랑하기 위해 숨어버린,
그러한 행방불명이고 싶다

어느 날은,
그러한 투명이 그립다

어느 날은,
그러한 내가 그립다

꽃길에서

볕이 좋은 날,
휠체어를 밀며
어머니와 꽃길을 걸었다

줄어든 어머니의 뒷모습을
가슴으로 껴안고
아무도 가지 않은
꿈길을 걸었다

해질 무렵,
꽃향기에 흠뻑 취한 어머니에게
내가 낮게 말했다

나도
어머니의 꽃이 되고 싶다고

잠시 멈춘 나를
돌아보는 어머니와
눈이 마주쳤다

어머니가 힘주어
나의 손을 꼭 잡았다

볕이 좋은 날,
휠체어를 밀며
어머니와 꽃길을 걸었다

나는 어머니의
꽃이 되었다

마술사

누군가의,
잃어버린 노래를
되찾아 주는 사람

누군가의,
잊어버린 춤사위를
되살려 주는 사람

횡단보도 앞에서

기꺼이
멈추지 않았던 날들,
많았다

눈물로
참지 않았던 날들,
많았다

상처

우리 모두
상처 하나씩 숨기며 산다
울음도 아픔이 되는
그런 상처 하나씩 숨기며 산다

우리 모두
상처 하나씩 달래며 산다
아파도 울지 못하는
그런 상처 하나씩 달래며 산다

우리 모두
상처 하나씩 사랑하며 산다
지우면 다시 피어나는
그런 상처 하나씩 사랑하며 산다

묻지 않으며 산다

답하지 않으며 산다

행복한 새의 정의

바람 없이도
날 수 있는 새

날마다,
자유와 평화에
지쳐 가는 새

그리움도 사랑이다

환절換節의 끝,

나목裸木은,
허공을 열고 사라진
새들의 뒷모습을 그리워한다

새들은,
버림의 방식 앞에서 울어대던
숲을 그리워한다

만남은 언제나
이별의 예감으로 주어지고
사랑은
이별의 그림자를 비켜가려 한다

환절의 끝,

사라진 만남을 그리워하는
나목과 새들,
그리움의 자유에 지쳐가고 있다

그리움도
사랑이다

어머니의 뒷모습

어머니의 뒷모습을 나는
본 적이 없다
어머니의 뒷모습은
치열한 삶 속에
은닉되어 있었기 때문이다

어머니의 뒷모습을 나는
보려 한 적이 없다
어머니 뒷모습은
고단한 삶의
일기장이었기 때문이다

치열했던 삶도
고단했던 삶도
두터운 위장막이 걷히고
어머니는 숨죽이며
줄어든 뒷모습을 준비하고 있다

어머니의 뒷모습을 나는
인정할 수 없다
억울한 뒷모습은
빛바랜 세월의 몫이기 때문이다

무제

꽃이
소리 없이 피는 이유

꽃이
소리 없이 지는 이유

삼월의 새벽

어머니의 옅은 잠이 더 가벼워졌다
거실 한 켠에선 겨우내
더부살이에 지친 데코라고무나무와 호접란이
심심한 베란다를 연신 훔쳐보고 있다
조간신문에 밀리던 아침우유가
엘리베이터 버튼 9를 선점했다는
낭보가 불쑥 날아들었다
아내가 아침잠마저 녹여 구워 내는
식빵의 노릇함도 예사롭지 않다
며칠째 8층에서 차오르는
냉잇국의 구수함만으로도
밥 한 공기는 거뜬할 것 같다
조율이 끝난 10층의 현악기가
리허설을 막 시작했다
층간소음을 층간화음이라 불러도 좋겠다
갓 깨어난 조간신문이 나를
꼼꼼히 읽어 내리는 시간,
어머니는 너그러운 해몽으로
각본 없는 삼월을 저울질하고 있다

반전反轉

고루한 더부살이 끝에
집 한 채 지었습니다
언 발을 녹여 터를 다지고
바래지 않은 흙을 그러모아
기울지 않을 벽을 세웠습니다
기웃거리는 바람을 한 폭 잘라 와
얼굴 크기로 몇 개의 창을 내고
때마침 비행을 멈춘
적운積雲을 본떠
뭉실하게 지붕도 얹었습니다
밤눈 어두운 사람이 서둘러
집 앞을 스쳐간 뒤 곁눈질로
아랫목 경계선마저 그은 해질 무렵,
소찬素饌으로 홀가분했습니다
뒤늦게 돌아오는 사람들을 위해
처마 끝에 인기척 하나 달아 두고
망설임 끝에 젖혀 둔 사립문,
작은 방 하나 더 그려
큰마음으로 비워 둡니다

서먹한 날

며칠째
서먹한 날들이 이어졌습니다
닫지 않아도
저물어 버리는 날이 있었습니다
선잠 깨어난 서랍 속에서
꾸다만 꿈이 걸어 나오고
어느 날은 찍다만 영화처럼
멈춰버린 오후도 있었습니다
비를 몰아낸 들뜬 바람이 서둘러
새들을 띄우고
드리운 그늘에서만
마음을 여는 나무도 있었습니다
밟히는 서먹함을
느슨한 비질로 쓸어 담는 저녁,
며칠째
서먹한 날들이 이어졌습니다

첼로에 대한 예의

깊이를
묻지 않는다

무겁게
듣는다

볕이 좋은 날

오늘은 볕이 좋아 창문을
하나 더 열어 두었습니다
어제보다 많은 바람이 다녀갔습니다
뜯지 않은 안부가 전해졌고
묻지 않아도, 날지 못하는 새들이
속내를 툭툭 털어 내는가 하면
강물이 가끔 멈추기도 한다는
뜬소문도 바람난 연기처럼
창문을 넘나들었습니다
가끔은
잊혀 가는 사람들이 두고 간 나침반으로
그들의 자취를 가늠하기도 하지만
답은 쉽게 적을 수 없었습니다
세상과의 불화로
모든 것이 궁금한,
볕이 좋은 날에는 그저
창문 하나쯤 더 열어둡니다

다림질

구겨진 마음을
다린다

구겨진 시간을
다린다

4부

문장 부호에 대하여

낯선 물음표를
친구처럼 맞이하라

따스한 느낌표에
감사의 눈길을 보내라

차가운 마침표와는
자주, 거리를 두라

가끔은, 외로운 쉼표와
함께 쉬어 가라

정오 正午

줄어 든 그림자가
무게중심을 넌지시
놓아 버리는 시간

곁눈질에 지친 가로수가
무너지는 간격에
기우뚱거리는 시간

풋풋한 바람으로 부푼 새들이
궤적을 지우며
날아오르는 시간

곧,
설익은 시간에
목 축인 나무들이
뻐근한 어깨를 겹치면
줄어 든 그림자는
구겨진 곳에서부터
부풀어 오를 것이다

귀 닫은 사랑과 말문을 튼
수화자手話者를 엿보다
멈춰 버린 시계와의
타협을 팽개친 수리공

정오,
이유 있는 물상物象들이
정돈을 허무는 시간이다

인생

강물이
흘러가듯이

나무들이
춤추듯이

그리고,
새들이
노래하듯이

동행

앞서려
하지 않는다

귀 기울이며
걷는다

오늘 하루쯤은

오늘 하루쯤은
일상을 밀어낸 느슨한 생각과
헐렁한 옷차림이 지어 낸 표정으로
베란다 창을 다투어 뚫고 스며드는
햇살의 길이로만 시간을 가늠하며
느긋한 아침의 시작으로 어긋난
식탁의 무딘 질서가
하루 두 끼의 식사로도 너끈히
바로 설 수 있음을 기꺼이 인정하고
누군가로부터도 적당히 멀어져
그 사람의 버거운 기억을
한 꺼풀이나마 벗겨 주고
하루쯤은
빛바랜 문패가 떨어져 나가
그 누구도 나를 찾을 수 없게 되는
해묵은 주소록이 열리지 않아
내가 그 누구도 찾아 나설 수 없게 되는
바로 그런 날

허공처럼
말갛고 허허롭게 머물다
고요에 지쳐 쓰러질 바로 오늘
하루쯤은

그림자

눈을 뜨면
세상은 온통
먹물이 그리운 화선지
붓을 들어
오늘의 나를 그린다
고뇌도 약점일까
자화상이 흐릿하다
나를 그리려 하였으나
나를 닮아 버린 그림,
부릅뜨지 못했던 눈이
서둘러 감긴다
아무렇지 않은 듯 살아도
세상은 온통
먹물이 그리운 화선지
흐릿한 수묵화 한 점
지웠다 그리며
늘 부끄럽게 산다

바위의 숙명

무겁게
참아야 한다

조용히
울어야 한다

마을버스를 기다리며

쉽게 다가올 수 있는 것과
다가올 수 없는 것은
그 기다림의 모습도 다르다

쉽게 다가올 수 있는 것은
이내 멀어질 수 있어 우리는,
기다렸다 말하지 않는다

다가올 수 없는 것은 그저
기다릴 수밖에 없어
그 기다림을 우리는,
그리움이라 한다

마을버스를 기다리며
기다림에 대해 생각했다

나를 기다리지 않은
세월을 생각했고,
그리움에 물든
나를 생각했다

환절기

꽃 지는 저녁
나무들이 환절의 무게를
나이테로 가늠하고 있다
늦가을의 그물이 출렁이자
땅거미가 한 뼘씩 줄어든다
철새들이 바람을 열고 사라진 허공,
눈시울이 붉어진다
철 지난 안부를 가로막던
당신의 뒷모습이 그립다
가을이 폐지되었다는 풍문,
귓속의 녹을 닦아내야겠다
마른 꽃들이 엇박자로 진다

아침

아침이면
밤새 달려온 풋풋한 바람과
외로움을 감추며 피는 들꽃과
생명이 녹아 숨쉬는 거룩한 흙내음

아침이면
세상과 화해한 용서의 숲과
침묵을 깨고 흐르는 시퍼런 강물과
서둘러 길 떠나는 자의 분주한 뒷모습

밝음은 밝음대로
맑음은 맑음대로
서로 앞서려 하지 않음에
아침은
늘 그렇게
적당히 빛날 수 있으리니

아침이면
나는 들을 수 있었네
꿈을 이루려는 자의 두근거림과
절망을 삼킨 자의 포효와
어둠을 몰아 낸 자의 거친 숨결을

안부

아무도 나의 이름을
불러 주지 않는 날이 있다

아무도 나의 창을
스치지 않는 날이 있다

세상은
바쁜 척 돌아갔지만
진실에 기댔던 입소문은
비릿한 뜬소문으로 펄럭이고

나는 잊혀진 섬처럼
희미하게 웅크린 채
그래도 나를 끌고
나의 안으로 녹아들어 준
마지막 인기척에
한 뼘씩 무너지고 있다

산다는 것은,
안부를 묻는 것이다

침묵

꽃은
개화의 비결을
남발하지 않는다

나비는
묻지 않는다

숲은
고요의 아픔을
들추지 않는다

바람은
무심하다

꽃과 나비, 그리고
숲과 바람

말없음표로
자위自慰한다

기다림에 관하여

이 세상, 그 어느 생명 하나
기다림 없이 생겨난 것이
어디 있으랴

이 세상, 그 어느 생명 하나
기다림 없이 살아온 것이
어디 있으랴

어머니의 뜨거운
그 기다림 끝에
내가 있었듯이

끝 모를 기다림 끝에
비로소 작은 이름 하나 얻은
들꽃이 그러했고

끝 모를 기다림 끝에
비로소 빗장을 푼
화해의 숲이 그러했다

이 세상, 그 어느 한 곳
기다림으로 얼룩지지 않은 곳이
어디 있으랴

이 세상, 그 어느 한 곳
기다림으로 지치지 않은 곳이
어디 있으랴

이별의 방식

눈물로 지는 꽃
가슴에 묻는다

애증에 지친 나무
홀로 서게 한다

사랑의 깊이보다
더 아파한 것은
사랑을 미처
엿듣지 못한 때문

필연으로 보듬은 새
우연으로 날린다

외로운 그림자
바람으로 지운다

결빙에 대한 정의

해빙을 쉽사리
꿈꾸지 않는 것

그리고,
침묵의 깊이만을
조용히 헤아리는 것

초대

아름다운 것은
너그러운 부름, 그 뒤에서 온다

저마다의 삶은 때때로
염치없음에 등 돌린 채
홀로서기로 기울곤 하지만
어느 목숨 하나 생겨날 때
너그러운 부름에
귀 막으며 온 것은 없었다

서둘러 피지 않는 꽃들이 그러했고
높게만 날지 않는 새들이 그러했다

아름다운 것은
너그러운 부름, 그 뒤에서 오곤 했다

유리벽

당신이 버거움으로 다가오던 날
빗금 하나
몰래 그었습니다

그 빗금 위로
야무진 벽도 쌓았습니다

그러나 그 투명함에 부딪혀
멍들 것만 같은 당신

부끄러운 벽돌 하나씩
내려놓습니다

비겁한 마음도
내려놓습니다

순수에 관하여

표준국어사전에서는
순수純粹를
전혀 다른 것의 섞임이 없음으로,
순수한 사람을
사사로운 욕심이나
못된 생각이 없는 이로 풀어내고 있다

가끔,
순수하다는 문예지에서
원고 청탁서가 날아든다
그때마다 나는 한 편,
또는 몇 편의 시로
뜨거운 낯을 가린 채
아득한 순수를 꿈꾸곤 했다

임마누엘 칸트 선생의
순수이성비판을 다시 읽는다

최초 번역자의 순수가
더욱 그립다

이순耳順

아내의,
해묵은 목소리가
가끔은,
일렁이는 갈댓잎의 속삭임으로
들려오는 나이

굽은 세상 저편에
핏발 선 눈으로 남겨진 그 친구를
이제는 든든한 나의 길잡이로
맞이해야 할 나이

거듭된 세상과의 불화를 하나씩 접고
너그러운 화해의 창문 쪽으로 천천히
다가서야 할 나이

이순耳順,
그러한
꿈의 나이

종묘공원에서

한 수만 물리자는 애원도
판돈에 눌린 지 한참이다
뜨겁게 에워싼 훈수꾼들 사이로
곰삭은 막걸리 트림만 들락거린다
예리한 묘수들이
투명하게 번득인다

그 팽팽함을 비집고
오후 내내 공원을 어지럽히던
독립투사 후손의 말발굽 소리가
장기판을 휙 가로지른다

어디선가 뜬금없는
학도병가도 엇박자로 날아들고
삘쭘한 조선춤에 올라탄 희망가,
지팡이 장단에 물러 터진 풍년가도
넌지시 버무려진다

널브러진 시간에 겨워
자유만 닮아 버린 사람들,

오늘 하루쯤은
버거운 나이도 적선하고 싶을 것이고
먼저 간 할멈의 황당했던 병치레도
비릿했던 욕지기도
하얗게 잊고 싶을 것이다

여물게 꿍쳐둔 용돈도 조금은 헐어
늙기를 거부하는 학도병들에게
음료수 작은 병이라도
으스대며 돌리고 싶을 것이고
곁을 주지 않았던 공원 비둘기들을
제법 낭랑한 목소리로 불러 모아
오늘 하루쯤은
봉지 팝콘도
통째로 던져주고 싶을 것이다

이곳에선 매일,
뜨거운 기립 박수 속에
핏대를 세운 단골 연사가
부침浮沈을 거듭한다

나라사랑은
끝장토론에 시달린 지 오래다
맹호부대 용사가 무용담을 뻥튀기하고

백마부대 용사는 고지 탈환만 한다
공수부대 용사도 말간 공원 하늘 가득
화려한 낙하산꽃을 수없이 피워낸다

태극기만 바라보아도
눈자위가 붉어지는 세대,
입버릇처럼 되뇌는
우리가 어떻게 지켜온 나란데

묻지 않아도 답을 말하는,
또는 가는귀먹은 척
답을 물음으로 되돌려 주는,
서로 염치없음에
은근히 겸연쩍어도 하는,

종로구 훈정동 90번지,
한 끼를 걸러도
정의正義로 버틸 수 있는 곳

다시,
독립투사 후손의 말발굽 소리가
장기판을 휙 가로질러 간다

가장 짧은 시

한 줄도 너무
길다

점 하나
찍는다

관조적 정서의 결정체

咸弘根

계간 〈지구문학〉 편집위원·지구문학작가회의 고문

시가 그려 내려는 세계가 지상이든 지하 동굴의 세계든, 또 천상의 저 우주 어느 곳이든, 아니면 깊고 깊은 심해의 어느 바위 아래든, 그것은 시작하는 시인의 심장에서 발원하여 흔들리는 붓끝을 타고, 간장처럼 된장처럼 맛깔지게 우러나기도 하고, 젊은이들의 식성이나 생활습관에 걸맞게 햄버거나 탄산음료의 달콤함에 빠질 수도 있을 것이다.

누구나 쓰고자 하는 방향이나 방법에 따라 가장 진리처럼 간주될 수도 있고, 가장 모순된 갈등의 길이 될 수도 있다.

이러한 논리적 전개가 자칫 자기도취적이거나 현학적 자긍에 빠지기 쉬운 흠도 안고 있음직하다.

'밤이 깊으면 아침이 가깝다'나 '밤이 가면 아침이 온다'라는 말과 같은 바, '밤은 아침이다'나 '캄캄하면 곧 밝음이 온다'와 같은 것이 될 것이다.

여기서 우리는 헤겔^{Hegel} 철학의 변증법적 이론을 내세우지 않더라도 모순을 정당화할 수 있는 가설을 얻을 수 있다. 바꾸어 말하면, '밤'이 '낮'이고, '어둠'이 '밝음'이며, '하늘'이 '땅'이고 '땅'이 '하늘'이라는 이원론적^{二元論的} 우주관과 다를 바 없다. 따라서 '사람 人'이 곧 '하늘 天'이라는 인내천^{人乃天} 사상과도 일맥상통된 바 있다.

그러므로 시적 전개의 진행은 무한한 가능성을 내재하고 있어서 사유^{思惟}의 징검다리를 걷고 있는 수많은 군중이며, 그들의 발끝에 차이는 작은 돌멩이 하나, 또는 그들의 다리 아래를 때로는 작은 소리로, 때로는 사나운 몸짓으로 흐르고 있는 물결이다. 때문에 위험은 상존한다. 징검다리가 감내해야 할 다리^{橋} 위의 다리^{脚}, 그 웅성이는 아우성, 무게와 몸짓, 노도의 물결로 흙과 흙, 다리와 다리를 휩쓸어 갈 물줄기. 생존의 양면이다. 안전과 위험의 두 줄기 삶이다.

이처럼, 시의 이해나 해석도 독자나 평자에 따라 양면성이 상존한다. 노출된 양면에서 얻을 수 있는 최소한의 시적 안온함과 여유의 미소가 다리 아래를 흐르는 잔물처럼 기쁨이어야 한다. 때로는 슬픔이어야 한다. 만남과 이별이어야 한다. 생과 사의 갈림길이어야 한다.

이러한 관점에서 볼 때, 김부조의 시는 시편마다 변증법적 사유의 가능성을 깊이 안고 있다. 마치 삶의 네비게이션을 탑재한 원고지처럼 어느 때나, 어느 곳이나 찾아 나설 수 있고, 감지할 수 있는 만능적·종합적 슈퍼 컴퓨터의 기능을 드러내려 하지는 않고 있으나 굳이 숨기려 하지도 않는다.

수년 전까지, 쉽게 접하던 힘들고 한 서린 작품에서는 단어 하나, 행간 등 조심하려는 흔적이 많았다. 연과 연, 망치와 징의 다듬는 소리가 곳곳에 자리 잡고 있었으나, 요즘의 시는 대담하고 줄기차다. 힘이 넘친다. 간혹 매끄럽지 못한 낯선 용어가 옥수수알처럼 섞여는 있으나, 산뜻하다. 반면 단조롭다. 지나치리만치 겁 없이 뛰어다니는 시인이다. 방안을 서성이다 가 마루를 건너뛰고, 울타리를 넘기도 한다. 좁은 일터를 기웃 거리다가 지하철을, 시장을, 도로를 달리기도 한다.

눈물로 지는 꽃
가슴에 묻는다

애증에 지친 나무
홀로 서게 한다

사랑의 깊이보다
더 아파한 것은
사랑을 미처
엿듣지 못한 때문

필연으로 보듬은 새
우연으로 날린다

외로운 그림자

바람으로 지운다

—〈이별의 방식〉 전문

〈이별의 방식〉이다. 또 하나 김 시인이 즐겨 다루는 용어에 '이별'이 넘친다. 물론, '만남'의 여지를 남겨둔 이별방식이 많은 시상을 차지하고 있지만 '만남'의 가능성을 배제한 시도 적지 않다.

또한 간과할 수 없는 것은 김 시인의 시에는 비유가 별로 없다. 그것이 직유이건 은유이건, 비유를 찾기 힘든 작품이 절반에 가깝다. 어느 정도의 비유는 스며 있어야 한다고 보는 견해를 말한 논자論者들이 있다. 시에서 팔다리와 같은 것이 비유라고 피력한 시인도 있다. 김 시인은 그 부족성(?)을 잘 처리하는 일면도 있다. 단순하나 선명하다. 선명하나 힘차다. 오늘날의 현대시는 '말하듯이 부드럽게'를 주창하는 문객들도 있으나 김 시인처럼 '선명한 흐름의 개울물'을 만들어 내기란 결코 쉬운 일이 아니다. 개척적 한 단면을 보여주면서 지나치리만치 자주 즐기는 2, 3행의 연과 연, 앞 연에서의 '의문'이나 제시적 단어를, 뒷 연에서는 추스르고 안아 보듬는 해답식 기교적 진행에서는 다소 식상한 느낌도 없지 않다.

'고드름'을 보는 한국적 정경, 한 줄기 선명한 수정체로 남는 시도 독자들에게는 그리움이 담긴 우리의 겨울 산하로 되살아날 것이기 때문이다. 가슴에 묻은 씨앗은 언제고, 다시 '꽃'으로 살아나서 좋은 '씨앗'을 남기고 가는 것이리라. '필연'이든 '우연'

이든 먼 만남'도 있겠거니.

나는 오래전 김 시인의 첫 번째 시집 《그리운 것은 아름답다》의 발문에서 "결코 절망하거나 울음을 터트리지 않는 내성을 깊이깊이 감추고 사는, 인생을 달관한 사람, 그가 곧 김 시인이다. 우리들이다. 그러한 인고의 삶을 목숨처럼 살아온 우리의 가장, 우리들 아버지의 참모습임이 분명하다."라고 언급한 바 있다.

그의 시는 삶의 역정, 연륜이 한 겹 두 겹 쌓여 갈수록 세상을 바라보는 눈이 맑아지고 깊어지고 분명해진다고 보고 싶다. 세상을 주시하는 시선이 다양하다. 세상과 사물을 소화해 내는 그의 질긴 반추는, 누에고치가 실을 뽑듯이 줄기차고 줄기차다. 힘이 넘친다. 쉼 없는 설국열차다.

비단 시만이 아니다. 그의 시선이나 생각의 거미줄에 걸려든 모든 것, 큰 것 작은 것, 미미한 벌레들로부터 이름 없는 풀꽃에 이르기까지 모두가 글로 태어나서, 문학의, 예술의 벨트로 그의 허리를 튼튼하게 감싸고 있다. 그만큼 그의 연륜이나 사회적·역동적 삶의 하루가 그로 하여금 연일 이어지는 피곤의 육신을 흔들어 글을 쓰게 하는 것이리라. 그의 유일한 위안이리라.

그에게는 타고난 글재주도 있었지만, 등단 삼 년여 만에 '제3회 백교문학상'을 수상하였을 뿐만 아니라, 틈틈이 잡지나 신문에 촌평, 만평, 촌감, 수상, 시사 비평 등을 발표하여 칼럼집 《자신의 길을 찾아서》를 상재한 바 있어 문단의 주목을 받고 있다. 그만큼 사회적으로나 범문학적·문단적 발판을 다지고 있다고 하겠다.

늘 바쁘고 질긴 인생을 살고 있는 삶의 역군이며, 산업전사의 한 사람이다. 밤이 되어야만 휴식을 얻을 수 있는 짧은 시간이지만 책을 읽고 글쓰기를 멈추지 않는 강인한 정신력에서 분출되는 문장력은 그만의 큰 특색이다. 이번 두 번째 시집 70편의 주옥같은 작품 하나하나가 그에게는, 피와 땀으로 얼룩진 생생한 김부조의 그림자다. 살아있는 탑이다. 아니 생동하는 기쁨이요 사랑의 현장이다. 작품마다에 넘치고 있는 그 고뇌하는 아픔이, 내일을 향하여 달려 나아가는 희망이 넘치고, 이별이나 슬픔을 나름대로 소멸 승화하려는 자구의 노력이 곳곳에 보이고 있어 위로를 준다.

반면, 첫 시집에 비해 시적 기교나 감성의 전환, 판단의 번쩍임이 다소 줄어들고 있는가 싶은 의구도 없지 않다. 그러나, 이러한 의구는 하나의 사물을 보는 저마다의 기준이나 입장에 따라 설득하려는 지론에 불과하므로 언제나 새롭고 다양한 이론적·전개적 주장이 나올 수 있기에 필자와 같은 독자들의 반론적 몸부림으로 해석해 본다.

김 시인이 추구하는 내면적 상충이나 외면적 불만의 요소들과 싸워서 이기려는 그 의지적 근저에는 언제나 사랑하는 가족이 자리 잡고 있다. 사랑이란 거역할 수 없는 이 숨가쁜 용어는 김 시인에게 있어서는 하나의 큰 위안이다. 그 사랑은 다름 아닌 '어머님'이기 때문이다. 언제나, 자식을 위해, 가족을 위해, 치열한 아픔 속에 은닉되어 있는 어머니, 그런 어머님에게 늘 죄스러운 아들이다. 어머님의 고뇌만큼 큰 고뇌를 이고 지고 사는 아들이다.

어머니의 뒷모습을 나는
보려 한 적이 없다
어머니의 뒷모습은
고단한 삶의 일기장이었기 때문이다

치열했던 삶도
고단했던 삶도
두터운 위장막이 걷히고
어머니는 숨죽이며
줄어든 뒷모습을 준비하고 있다

−⟨어머니의 뒷모습⟩ 2, 3연

'고단한 삶의 일기장'−'두터운 위장막'은 걷히고 있다. 걷히고야 말 것이다. 인생의 끝자락에서 조용히 숨죽이며 내일의 평온함을 기다리고 계실 어머님, 언제나 '은닉된' 어머님의 모습은, 희망이 넘치는 삶만이 무지개처럼 곱게 곱게 현실화되기만을 갈구하는 기도이리라. '억울한 뒷모습'을 하얗게, 선명하게 지워드리고 싶은 희망이 담겨 있는 '사모곡'이다. 소리 없는 외침이다. 이러한 한이 서린 효심은 여러 작품에서 나타나고 있다.

며칠째
서먹한 날들이 이어졌습니다
닫지 않아도
저물어 버리는 날이 있었습니다
선잠 깨어난 서랍 속에서
꾸다만 꿈이 걸어 나오고
어느 날은 찍다만 영화처럼
멈춰버린 오후도 있었습니다
비를 몰아낸 들뜬 바람이 서둘러
새들을 띄우고
드리운 그늘에서만
마음을 여는 나무도 있었습니다
밟히는 서먹함을
느슨한 비질로 쓸어 담는 저녁
며칠째 서먹한 날들이 이어졌습니다

　　　　　　　　　　　　　 ─〈서먹한 날〉 전문

'저절로 저물어 버리는 날' '꾸다만 꿈' '멈춰버린 오후'는 그가 일상으로 대면하게 되는 상황의 연속이다. 이러한 정신적 괴로움이나 심리적 아픔을 정화하고 발전, 승화시키려는 노력이 그의 시에는 진하게 배어 있다. '비를 몰아낸 바람' '하늘로 나는 새' '마음을 여는 나무' 등의 객관적 행위의 내키지 않는 현상일지라도 '느슨한 비질'로 쓸어 담는 '여유적 정서'는 그가 시를 쓰고 있는 이유이기도 하다. 왔다가 가는 바람처럼, 괴롭히다 떠나고야 마는 작은 아픔처럼 서먹한 날들로 지워버리려는 그만의 흐뭇하고 잔잔한 미소같이 일상적 하루의 세월에 지남이리라. 이러한 마음과 마음의 대립적 또는 소멸 의식, 서운함과 엉거주춤함의 조화나 그 타결책은 그만의 몸부림이기도 하다.

'엇갈린 길을 기웃거리다'가 '새로운 길에 눈을 뜬다'나 '어둠을 앓고 난 새벽'으로 이어지는 '밝은 지름길'을 갈망하는 너와 나, 또는 우리들을 '낯 뜨거운 길치들'이라고 손짓한다. 그러면서 넌지시 웃고 있다. 자신의 모습이리라. 부끄러워할 줄 아는 사람이다. 한곳으로만 집중하거나 빠져들지 아니하고 귀로 듣는, 눈으로 보는, 입으로 말하는 모든 것을 기웃거리는 욕심 많은 사람이다. 멈추지 않는 시상의 전개, 정지되어 있지 않는 사색의 구슬 알들은 언제나 투명하다. 영롱하다. 낮밤의 구별이 없다. 그만큼 힘든 하루를 사는 사람이다. 그러면서도 늘 순수함에 젖어 있는 어린 아이들 같이 낯뜨거워할 줄 알면서 살아가는 양심의 김삿갓이다.

이러한 그의 정신세계는,

아무렇지 않은 듯 살아도
세상은 온통
먹물이 그리운 화선지
흐릿한 수묵화 한 점
지웠다 그리며

늘 부끄럽게 산다

라고 한 〈그림자〉의 끝부분에서도 선명하게 나타나고 있다. 무엇이, 왜 그리 부끄럽다는 것일까. 그것은 그의 시심이, 정신세계가 그만큼 순수하고 따뜻하며, 세파에 물들지 않고 자신만의 세계를 살아가고 있다는 증표이기도 하다.

'다가올 수 없는 것은 기다릴 수밖에 없어 그리움이 된다'나 '나를 기다리지 않는 세월을 생각하고, 그리움에 물든 나를 생각한다'는 그의 시행 은 인생철학의 한 단면이며 시적 달관의 산하를 넘나드는 장관이기도 하다.

꽃 지는 저녁
나무들이 환절의 무게를
나이테로 가늠하고 있다
늦가을의 그물이 출렁이자
땅거미가 한 뼘씩 줄어든다
철새들이 바람을 열고 사라진 허공,
눈시울이 붉어진다
철 지난 안부를 가로막던
당신의 뒷모습이 그립다
가을이 폐지되었다는 풍문,
귓속의 녹을 닦아 내야겠다
마른 꽃들이 엇박자로 진다

　　　　　　　　　　　　　　　　　－〈환절기〉 전문

사람은 누구나 나이를 먹는다. 모든 생명은 나이를 먹는다. 능동적으로 그 세월의 깊이를 파고들 사람은 없을 것이다. 김 시인도 환갑을 바라보는 나이에 다가와 세월의 그늘을 노래하는 시편들을 자주 읽게 됨은 나의 침침한 눈에도 밟히게 되어 슬픈 일이고, '꽃 지는'이나 '저녁'은 동질의 개념이다. 그러면서도 그것을 한 줄기 나이테로 압축 치유되는 선의 이미지, 인고의 역경 속에서 살아온 가슴속에 피로 그어진 선이다. 아픈 상처다.

땅거미가 줄어들고, '철새들이 바람을 열고 사라진 허공', 그것을 멀리서 바라보는 시인은 눈시울을 붉힌다. 또한 시의 흐름이 잔잔하면서도 거침없는 것은 사실이나, 쉽게 미화하고, 쉽게 포기하고, 쉽게 용서하려는 끈질기지 못한 관용적 태도는 체념에 가깝다. 언제나, 이별도 미소로, 눈물도 슬픔도 바람결에 날리고 돌아서는 모습을 보이는 것은 아니라 하더라도 이러한 자기 관용적 고백이나 자기 미화적 정화는 가끔 시의 운율적 순수성을 해치는 경우도 있을 수 있기 때문이다.

시를 율律 → 음音 → 표기화表記化로 규정지을 때, 셸리shelley는 '상상과 정열의 언어'라고, 포우E.A.poe는 '미의 운율적 창조'라 하였다. 그렇다면 김부조의 시는 어느 범주에 넣어야 알맞을까 하는 의문도 가질 수 있다. 오히려 김기림이 주장한 '시란 언어적 건축이다'란 언급의 큰 틀에 넣고 싶다. 운율이나 반복적 리듬을 내재한 현대적 언어의 건축물이라는 큰 그릇에 담아 보고 싶다.

효는 만행의 근본이다. 살아생전에는 물론, 사후에라도 어버이에 대한 효를 강조하고 실천한 예는 동양적 윤리관에서만이 아니다. 생전 부모님에 대한 흠모의 정을 깊게, 알차게 나타낸 예는 동서고금을 막론하고, 제왕에서부터 천민에 이르기까지 모두 열거하기는 힘들 정도일 것이다.

"효孝"는 원래, 土 : 흙, 무덤 앞에 子 : 자식, 자녀, 후손이 / : 지팡이를 짚고서 곡하는 모습에서 유래되었다고 한다.

무덤 앞에서 이승을 떠난 부모님에 대한 애도의 정성을 가슴에 담아 실천하는 3년 시묘侍墓의 의미를 그려 낸 상형문자의 집합이며, 표의문자이기도 하다.

김부조의 시는 세상을 거부하거나 부정하지 않으려는 의지가 진동하고 있다. 참되고 성실하게 살려는 습성이 시 전체에 강한 꽃냄새를 풍기고 있다. 과거에 얽매어 한탄하거나 눈물짓지 아니한다. 아픔이나 슬픔을 그것대로 받아들이려는 품성은, 아마 그의 신앙적 내면에서부터 솟아오르는 이해와 용서, 그리고 후덕한 사고력에서 우러나오는 미소일 것이다. 우려내면 우려낼수록 구수한 맛, 한국적 맛을 내는 시래기국이다. 그 국물 맛이다. 우리의 전통적 옷인 도포나 치맛자락으로 감싸듯 곱게 차곡차곡 접어서 깊이 간직하려는 그의 예술적, 시작詩作 태도는 그의 시 전편에 녹아 흐르고 있음을 감지할 수 있어 즐거움이 크다.

그러므로, 나는 김 시인의 그러한 자기 성찰적, 자기 관용적, 자기 발전의 시 세계를, '사모곡'을 지나 넘치듯 펼쳐지는 도도한 시적 흐름의 강물을, '효모곡'이라 외치고 싶다.

그가 그리워하고 안타까워하는 것이 어찌 어머니뿐이랴. 생전에 다하지 못한 아버님에 대한 죄스러움과 송구함, 민망함이 시편마다에서 눈시울을 적신다. 생활의 어려움 때문에, 어린 나이에 미처 생각하지 못했던 여러 가지 소소한 일들이, 이제 어른이 되어, 성장한 자녀들을 바라보면서 더더욱 눈물겹게 아파 오는 것이리라. 아버님께 다하지 못한 불경이, 어머님에 대한 존경과 감사와 경외심으로 살아나 시편마다 넘쳐흐르고 있다.

그날,
낡은 무릎을 달래 가며 어머니가
노인정을 다녀오셨다
연한 갈색 지팡이와 이웃한
작은 꽃무늬 가방 속에
고단한 생각들을 잘게 접어 넣은 채
가벼운 얼굴로 다녀오셨다

자잘한 삶의 숙제를 꼼꼼히 풀어 가듯
읽고 또 읽어
마침내 신문지가 된 신문과
날마다 어머니가 편들어 우쭐해진
아들의 시집 몇 권,
그리고 이제는
날짜마저 희미해진 일기장,

그 인연들과의
버릴 수 없는 무게가
그날도 가방 속에서 연신
어머니를 담금질하고 있었다

그러나 무거운 얼굴의 나는
어머니의 그 가방에 낯뜨거울 만큼
너무 오래
텅 빈 가방으로만 떠돌고 있어

그날,
어머니가
가벼운 얼굴로 다녀오시던 그날,
무거운 얼굴을 버리지 못한 나는
그 가방 앞에서 서둘러
종아리를 걷어야만 했다

〈어머니의 가방〉의 전문이다. '노인정' '지팡이' '꽃무늬 가방' '고단한 생각들'='가벼운 얼굴' 어머님의 인생연륜의 현주소요 삶의 현장이다. 이러한 시어들의 선별은 거부할 수 없는 현실의 이면이요 또한 표면이기도 하다. 언제나 미소로 인자하신 얼굴로 맞아주시는 어머님이시지만 마음 편하지 못한 아들은/신문지가 된 신문/을 보듯, '가벼운 얼굴'='무거운 얼굴'로 대조되는 공연한 송구스러움, 죄스러움에 용서를 빌 듯, 잘못을

뉘우치듯 '종아리를 걷는' 아들의 모습에서 '효모곡'의 일면을 본다.

또한 김 시인은, 성장한 자녀들과 연로하신 어머님, 그리고 바로 자신이 이순耳順에 닿는 나이에 접하면서 지난날을 되돌아보는 과거로의 안목이 점점 커지며, 또 넓어지고 있음을 본다. 그것은 그만큼 김 시인 자신의 삶에 충실하면서도, 지난 세월을 거울에 비추어 보는 작업, 보다 분명하게, 보다 선명하게 되새기면서 '참된 삶'을 살아가려는 그의 의지와 노력이 강렬하게 솟구치고, 그러므로 거기에서 얻어지는 삶의 나날을, 크고 작은 사건이나 생각의 편린들을 깊이 각인하면서 '자기반성'에 몰입하려는 새로운 각오가 움트고 있어, 제3시집 시, 70여 편을 읽게 되는 필자로도 큰 행운이 아닐 수 없다.

굽은 나무는 곧게 뻗은 나무의
올곧음을 닮으려 하고
곧게 뻗은 나무는 굽은 나무의
모나지 않음을 닮으려 한다

그러나 그 두 가지를 모두
갖지 못한 나는 그 숲속에서
허리를 슬며시 굽혀
굽은 나무가 되어 보기도 하고
두 팔을 위로 힘껏 뻗어
곧게 뻗은 나무가 되어 보기도 하지만

그들이 가진 올곧음과
모나지 않음은 담을 수 없어

어스름 저녁,
나는 그 숲 속을 돌아 나오며
깨닫지 못한 나무는 이미
숲을 떠나갔음을
홀로 서지 못하는 나무는
숲에서 자랄 수 없음을

그날,
그 숲속에서

〈그 숲속에서〉 전문이다. /'굽은 나무'와 '올곧은 나무'는 우리들 인간사에서 '어떤 사람들'일까. 모나지 않음을 닮으려는 인간적 양심의 외침과 '허리를 굽혀' 굽은 나무가 되려는 자아. '두 팔을 뻗어' 불가능의 가능을 탐하는 속세의 우리들에게 주려는 교훈은 무엇일까.

'참된 삶'을 살아가려는 일상의 노래이며 다짐이리라. 이러한 다짐의 면면은 앞으로 김 시인의 시 방향을 가늠하는 잣대가 될 것이 분명하다.

김 시인의 시는 미학美學이다. 총체적 삶의 현장이요, 시작詩作의 학습장이다.

나는 언제나 김 시인의 시를 읽다 보면, 심신을 맑고 깨끗하게 할 뿐 아니라 성정性情을 울리는 온유하고 여유로운, 차 한 잔을 마시면서 하루의 일들을 하나하나 짚어 나가는, 그런 참선의 자세를 보는 듯하여 더욱 친근감을 느끼게 된다. 성깔 있어 보이나 너무나 조용한 사람이다. 까칠해 보이나 여유가 있고, 재치가 있고 묘한 미소까지 있는 걸쭉한 장부다.

1, 2, 3집에 이어 제4시집 '발문跋文'까지 청誦을 얻은 나로서는 기쁨이요 영광이다. 그리고 김 시인은 몇 해 전부터 '시창작 강좌' 강사로도 활동 중이다. 그가 운영하는 '시창작 교실'은 큰 호응을 얻고 있어, 매스컴 쪽으로도 꽤나 바쁜 것으로 알고 있다.

신선한 아침 우유가
조간신문을 앞지르지 않는 일

길 떠난 철새들이 서둘러
환절기와 멀어져 가는 일

줄어든 정오의 그림자가
구겨진 곳에서부터 다시
부풀어 오르는 일

그리고, 이별의 상처가
또 다른 만남으로 한 뼘씩

아물어 가는 일

—조용한 질서—

'조용한 질서'의 전문이다. 제4시집 표제작表題作이다. 작자는 이 작품을 표제작으로 택한 나름대로의 이유가 있을 것이다. 작자의 의중을 헤아리는 작업도 결코 쉬운 일은 아닐 것이다.

언제나 신문은 새벽을 깨우고, 신선한 우유는 아침 문턱에 조용히 놓여, 각 가정의 아침 식탁을 돕고, 귀소본능처럼 철새들의 이동은 계절의 변화를 앞서 알려 주고, 어느덧 해는 짧아지고 그림자는 길어만 가고. 우리의 하루, 우리의 일상이다. 여명의 미동—삶의 시작을 높이 날아가는 새에게로 전이하였다. 다시 '나'로 시작되는 일상의 하루가 구슬처럼 굴러가고 있다. 만남과 헤어짐의 상처도 구르면서, 넘어지면서 치유되느니라. 틈틈이 나를 뒤돌아보는 가파른 변화의 자세와 수용의 관용성, 이별도 슬픔도 잠시이듯, 세월은 다시 분노나 애련까지도 아물게 하는, 치유되고야 마는 명약이 되어 사랑이란, 이웃이란 이름으로 만남을 주선한다. 그리움으로 감싸 안고 있다. 악수하고 있다.

이러한 시작詩作 태도는 김 시인에게서 흔히 감지되는 관조적 명상에서 힘차게 내뿜는産出 특징적 장점의 하나다. 그가 개척해 나가는 독보적 신작로다. 더 나아가서는 달관의 시창작 세계를 우뚝 세우려는 의지의 표명表明이거나, 그러한 선비적·지적 풍요와 심미적 사유思惟는 그만의 논리적 분별력이 누구보다 강함을 보여주는 결과라 본다.

이는 형이상학적 판단만이 아니라 하더라도 김 시인이 내면적 깊숙이 간직하고 있는, 예순을 넘긴, 생의 체험적 삶에서 파생되고, 터득해 온 관조적·달관적 시작태도에서 하나하나 빚어진 것이다. 따라서 그는 언어의 대장장이요 연금술사라 해도 지나친 말은 아닐 것이다.

기쁨을 쉽사리
기쁨이라 하지 않는 것

슬픔을 쉽사리
슬픔이라 하지 않는 것

마음으로만 두 눈을 부릅뜬 채
때로는 세상을,
가장 낮은 곳에서부터
짙게 헤아리며
무거운 침묵의 숲을 찾아
기꺼이 길 떠나는 것

직선만이 선이라는,
올곧은 나무의 곁을
귀먹은 척 서둘러 스치며

곡선도 선이라는,

굽은 나무의 속울음에
잠시라도 귀를 빌려주는 것

그것,
소리 없이 다가와
보이지 않게 머무는
그것

−달관에 관하여−

이러한 관조적·자구적 노력은 '달관에 관하여'에서 더 진보된 구체적 진술을 쏟아내고 있다. 행과 연의 흐름을 음미하다 보면 지나치리만큼 섬세하고 깊은 사색의 갈림길에서의 조용한 표출의 선택을 감지하게 된다.

사유事由의 사유思惟나, 사유私有의 사유死有까지도 거침없이 뱉어버리는 '산물(시)'이 아니라, 씹고 또 씹어보는 여유 속에서 표출되는 옥구슬일 것이다. 그러한 관조, 달관의 태도는 김 시인의 시 곳곳에서 산봉우리처럼 솟아오르고 있다.

'기쁨 아닌 기쁨, 슬픔 아닌 슬픔, 가장 낮은 곳을 헤아리는 것, 기꺼이 길을 떠남, 귀먹은 척 스치(이)는 일, 귀를 기울여 주는 일, 소리 없이 다가오고 보이지 않게, 드러나지 않게 머무는 것'

모든 것은 마지막 연의 '그것'으로 대변된다. 어떠한 표현도 '그것'으로 귀결된다.

'기쁨=슬픔, 가장 낮은 곳=짙게 헤아림, 무거운 침묵=기꺼이 길을 떠남'이나 '직선의 아우성=귀먹은 척 지나감, 곡선의 하소연=귀를 빌려 줌, 소리 없이=보이지 않게' 등 이러한 상관이나 대립적 조화의 '하모니'는 오랜 사색과 성찰에서 골라낸 값진 그만의 전유물이 아닐까 생각한다. 기쁘면 기쁜 대로, 슬프면 슬픈 대로, 침잠하여 묵상하는 태도는 본받을 만하다. 파안대소하거나 땅을 치며 울분을 발산하려 하지 않는다.

김 시인의 이러한 시작태도는,

그러나 나는
너무 오래
작은 두드림에도
답하지 않으며 살아왔다

그의 시, '파문'의 3연이다. 이러한 시적 여유, 매사에 감내하는 자세는 그의 시 전편에 들꽃처럼 피어 있다. 시들지 않는 꽃으로 바람에 한들거린다.

창동역 1번 출구
과일 노점이 심상치 않습니다
성주 꿀참외를,
주인아주머니가 만 원에 열 개라 하니까
참외를 만지작거리던 할아버지가
마치 나무라기라도 하듯

전에는 열두 개였다고 우겨댑니다
주인아주머니가 금세 낯빛이 하얘지며
그런 적 없다고 손사래 치자 두어 번
마른 헛기침 끝에 할아버지,
아저씨는 그렇게 팔았다며
제대로 나무랍니다

아저씨는 그렇게 팔았다니

아저씨의 막막한 부재 속에
황당한 시간은 뜨겁게 흐르고

성주 꿀참외,
달콤한 향기 속으로
숫자의 진실은 눈 녹 듯 사라지고

할아버지는 연신
향기 없는 아저씨를 팔아 대고

－부재－

　서민적·해학적 삶의 애환이 잘 반죽되어 살아난다. 독립된
1행 1연의 '아저씨는 그렇게 팔았다니'는 많은 사연을 함축하고
있다. 노점상의 애환이 담긴 하루, 열 개를 주겠다는 아주머니

와 만 원에 열두 개를 달라는 행인 할아버지, 평생 먹고살기 위해 때로는 땀 흘리고 때로는 추위에 발만 동동 구르는 민초들의 몸부림이다. 해학이다. 풍자다. '향기 없는 아저씨(노점상 아주머니의 남편)도 그런저런 생활을 견디다 못해 쓰러져 갔을 것이다.

시시각각, 곳곳의 삶의 현장이 시간 속에 녹아 흐르고 있다. 주마등처럼 스쳐 지나가는 스냅 같은 한 토막 한 토막의 정경이 내 늙은 눈썹 아래 너무 선명하다. 아주머니의 주름진 얼굴이 보인다.

김 시인의 시 세계는 맷돌 같은 문학이다. 세상사 아무리 변한다 해도 우리는 우리다. 맷돌 같은 정경을 안겨 준다. 어머니와 딸이 마주앉아 힘주어 갈아대는 맷돌, 서먹서먹하기만 하던 시어머니와 며느리가 마주보고 미소 지으며 젓는 맷돌의 리듬, 그 소리가 김 시인의 '시 세계'다. 그간 맺힌 어려움이 시골 뒷산 석간수처럼 소리 없이 흘러내려 함지에 차고 넘치는 우리의 툇마루 같은 시, 우리의 토속적·전통적 아늑한 정서를 짙게 풍기는 멋, 그것이 김부조의 '시 세계'다.

김 시인의 시에는 아류亞流가 없다. 오직 가고 싶은 데로 가고, 오고 싶은 데로 오며, 흐르고 싶은 데로 흐르고, 잠기고 싶은 데로 잠겨야만 직성이 풀리는 개성미 넘치는 시인임이 분명하다.

입국문속入國問俗이란 말이 있다. 그 나라에 들어가서는 그 나라 풍습이나 전통을 물어, 그것에 동화하려는 사람이나 그러한 습성을 일컫는 말이다. 김 시인의 시는, 그런 주관성 없는 시작태도는 눈을 씻고 찾으려 해도 찾을 수 없다. 그만의 독자적 세계를 구축하고 그 세계로 질주하려는 독기가 넘쳐나 번득인다.

산란散亂에 물든 세상이
숨겨진 질서였음을

뜨거웠던 너와의 불화가
넘치는 사랑이었음을

아물지 않는 나의 상처가
삶의 선물이었음을

'관조觀照'의 전문이다. 본고 서두에서 언급한 '조용한 질서'와 크게 다르지 않다. 그러나, 거듭 읽다 보면 좀 더 깊고 심오한 의미가 우리들 뇌리를 스치고 지나감을 알 수 있다.

'산란한 세상' '뜨거운 불화' '아물지 않는 상처'는 무엇이며, '숨겨진 질서' '넘치는 사랑' '삶의 선물'은 무엇일까. 2행 3연의 비교적 짧은 시이지만 이 작품이 우리에게 던져주는 '모티프'나 '서브젝트'는 내면에 응어리져 엉켜 있는 갈등의 핵심적 요소와, 깊은 곳에 가라앉아 있던 정화적 갈망이 '질서'라는 희망으로 솟구치고 있다고 본다.

1연의 '어지러운 세상# 숨겨진 질서'
2연의 '사랑의 불화# 넘치는 사랑'

3연의 '미완의 상처# 삶의 선물'이라는 공식이 성립된다. 결국, 긍정적 이미지, 용서하고 포용하려는 '순응과 질서'의 시 정신과, 감사하며 살아가려는 마음이 넘치고 있다. 다만 보이지 않는 실체들일 뿐이다. 현상과 내면의 조화로운 '질서의 진행으로 유추된다. 각 연의 1행과 2행처럼, 서로는 대립하면서 대등적 질서로 서로를 해소하려는 노력으로 간주된다. '순환의 질서' '순리의 질서' '마음의 질서'나 '행동하는 질서' '지성적 질서'까지도 우리 시가, 시 영역으로 지녀야 할 덕목일 것이다.

질서는 힘이다. 이러한 번잡한 세상사를 순응과 질서, 걸러내고 정화시키려는 노력도 정신적 흐름의 하나로 보고 싶다. 우리는 하나다. 모두가 하나의 울타리 속에 살고 있다. 천·지·인天地人도 하나요, 우주 만물도 하나다. 낮과 밤, 밝음과 어둠, 아침과 저녁, 하늘과 땅, 남과 여, 사랑과 이별, 생과 사까지도 하나의 조화, 하나의 질서로 보아야 옳을 것이다. 질서는 아름답다.

언제나, '아물지 않는 상처'로 삶을 이끌어 왔고 또 이끌어 나갈 것이지만 그것을 '삶의 선물'로 여기기에 그 '삶'은 언제나 충만하리라. 보상받으리라. 표면에 돋아난 형이하학적 흔적만이 아니라 우리들 내면에 깊숙이 침잠해 있는 정신적 탄식이나 찬미까지도 관조적 정서가 빼곡히 쌓여 있음을 본다.

2023. 4. 1
한강을 바라보며
함홍근 삼가